LES

# CAMPAGNES

# D'UN AVOCAT.

# LES CAMPAGNES D'UN AVOCAT,

OU

## ANECDOTES POUR SERVIR A L'HISTOIRE DE LA RÉVOLUTION;





PAR M. LAVAUX,

Avocat aux Conseils du Roi et à la Cour de Cassation.

SECONDE ÉDITION, REVUE ET CORRIGÉE.

Prix 1 fr., et 1 fr. 25 c. par la poste.

PARIS,

Chez { C. L. F. Panckoucke, imprimeur-libraire, rue Serpente, n°. 16.
Lenormand, rue de Seine.

1816.

*Nota.* Une auguste et héroïque Princesse, ayant lu cet ouvrage, a daigné vouloir en connaître l'auteur pour l'honorer personnellement de sa glorieuse approbation.

# A MM. LES PRÉFETS
## DES DÉPARTEMENS.

MESSIEURS,

Les places éminentes que vous tenez de la confiance du Roi garantissent à l'Europe la loyauté de vos intentions, vos lumières et votre haute sagesse.

Sentinelles avancées de l'Autorité légitime, vous veillez sur tous les points du Royaume à la sûreté du trône et au bonheur des peuples.

C'est à ces titres si recommandables que je vous offre collectivement l'hommage d'un écrit dans lequel vous reconnaîtrez des affections qui sont dans vos cœurs, et un dévouement dont vous donnez, chaque jour, des preuves à l'auguste sang des Bourbons.

Je suis, avec respect,

Messieurs,

*Votre très-humble et très-obéissant serviteur,*

LAVAUX.

# AVERTISSEMENT.

Les notes dont ce petit ouvrage paraît être surchargé ne sont point des remarques nécessaires à l'intelligence du récit principal et ne présentent pas la sécheresse d'un commentaire : elles rappellent des faits, des traits historiques, ou des anecdotes isolées. Elles pourraient faire partie du texte, s'il n'était pas uniquement consacré aux événemens qui se rattachent à la personne de l'auteur. L'on aurait pu aussi, sans en affaiblir l'intérêt, les placer de suite, à la fin de l'ouvrage ; mais on a pensé qu'elles procureraient une diversion agréable aux endroits mêmes où elles sont indiquées par les renvois. Quoi qu'il en soit, l'une et l'autre partie attacheront également le lecteur, si l'exécution est au niveau du sujet.

# AVANT-PROPOS.

CET écrit devait paraître lorsque Buonaparte débarqua en France.

Sa tête affaiblie et son étoile éteinte depuis la campagne de Moskow, ne pouvant plus servir les projets de ceux qui l'avaient rappelé, il fut congédié après un essai de trois mois.

Le but évident de cette conjuration, formée par des hommes atroces, reste impur de toutes les assemblées politiques depuis 1789 et de leurs disciples, était de nous replacer sous le régime de 1793; témoin l'étourdi qui a révélé le secret du club législatif, en proposant de le convertir en *Convention nationale*.

Ces événemens, postérieurs à la rédaction de mes campagnes, semblent devoir leur imprimer un nouveau degré d'intérêt; car la génération qui prend sa place dans les rangs du corps politique, enivrée d'idées prétendues libérales, ignore les conséquences du régime qu'on voulait lui imposer, en abusant de ses forces et de sa bonne foi.

L'on verra que, loin d'avoir exagéré les anciens crimes des conspirateurs, j'avais jugé leurs dispositions avec trop d'indulgence. C'est une erreur de mon cœur qu'ils ont rectifiée par leurs derniers attentats. L'on verra aussi que je croyais Buonaparte arrivé au terme de sa sanglante carrière. C'est une autre erreur, puisque le sycophante a subitement reparu sur le théâtre central de ses forfaits, pour faire répandre encore des torrens de sang. Ses complices ont affecté de placer ce retour au rang des prodiges; la raison n'y aperçoit que la tentative d'un jongleur dont les succès sont dus à des ressorts cachés aux yeux des spectateurs. Ainsi (et abstraction faite des calamités qu'il a traînées à sa suite), toutes ses conceptions, telles que les levées en masse, les fédérés, les commissaires extraordinaires, le champ de mai tenu au mois de juin dans le champ de mars, les fortifications à Montmartre, les palissades aux barrières de Paris, ses deux chambres, son frère Lucien installé au Palais-Royal pour le démeubler, ses derniers exploits militaires, son règne de trois mois, sa fuite avec les fonds du trésor royal, et *sa descente en Angleterre*, sont un mêlange d'extravagances, de lâchetés et de friponneries que l'illusion d'un moment ne sauvera pas du mépris de la postérité.

Je ne parlerai pas des grands événemens qui ont frappé nos yeux, et j'abandonne à des plumes plus éloquentes que la mienne, le soin de célébrer la croisade de l'Europe, et la gloire que viennent d'acquérir les puissances alliées par leur délivrance et la nôtre; mais qu'il me soit permis d'exprimer une des plus douces affections de mon cœur. Entre ces monarques si dignes de l'immortalité, j'aimerai toujours à voir briller le Trajan du Nord, comme le modèle des meilleurs princes et l'ornement du genre humain.

Je ne dirai que deux mots sur la déplorable situation de la France. Deux germes destructeurs de l'ordre social y fermentent avec un redoublement de violence, l'esprit révolutionnaire et l'esprit militaire. Ces germes, réunis par la défection de l'armée, ont engendré une peste politique qui a subitement infecté une partie de la jeunesse amie des grandes commotions, la classe indigente du peuple avide de pillage, et les simples habitans des campagnes, trompés par des imposteurs. La présence des armées alliées arrête les progrès de la contagion; mais les factieux et la multitude d'individus que les révolutions et les guerres ont habitués à s'enrichir des misères publiques, comme aussi les insectes littéraires qui vivent, au jour le jour, des venins qu'ils distillent, ne respirent que vengeance; ils attendent, avec une impatience frénétique, l'éloignement de la force comprimante pour accabler l'Europe de désastres inconnus jusqu'à présent, et de bouleversemens sans fin. Les insensés! ils ne voyent pas encore que les Rois n'ont repris les armes que pour mettre à jamais, dans l'impuissance de nuire, une faction qui, pendant vingt-cinq ans, tantôt sous une forme et tantôt sous une autre, a foulé aux pieds l'honneur, étouffé la morale, violé tous les traités, et immolé le genre humain pour satisfaire son ambition, sa cupidité ou ses fureurs! Oui, sans doute, il faut détruire cette peste par la dissolution de ses élémens; et c'est sur cet objet que j'ose appeler l'attention du Roi et de ses augustes Alliés. Leur concert unanime, leur accord parfait sont indispensables au succès d'une si noble entreprise. L'on en avait proposé les moyens lors de la restauration. Oh! combien de maux l'on nous eût épargnés si ces moyens eussent été adoptés! En effet, nous voyons, depuis vingt-cinq ans, que l'excessive bonté des princes est une source d'infortunes pour eux-mêmes, un abîme de douleurs pour les gens de bien, une sauve-garde pour les méchans. Puisse une si longue et si funeste expérience faire prendre enfin des mesures pour nous préserver d'une rechute qui serait sans remède !

---

*P. S.* L'avant-propos qu'on vient de lire semble déjà être reculé d'un demi-siècle, tant la face des choses a changé. Nous ne sommes pas, à beaucoup près, reportés au point de prospérité et de brillantes espérances où nous étions lors de l'irruption de Buonaparte ; mais nos institutions, pour la sûreté publique, sont perfectionnées ; le trône, environné d'une triple défense, est garanti ; la masse du peuple a reçu une forte impulsion vers le bien ; le corps politique ne présente plus ni les oscillations menaçantes, ni les couleurs fausses et variables que de sourdes intrigues et des factieux effrontés lui avaient imprimées. Que faut-il encore pour affermir la monarchie légitime, pour assurer la tranquillité dans l'intérieur et la paix au dehors ? Tout le contraire de ce qu'ont fait l'assemblée séditieuse de 1789, et l'infernale convention, sa digne émule. Il faut exécuter la charte, sacrifier nos souvenirs, faire éclater l'intention inébranlable de garantir toutes les propriétés : il faut de la sagesse dans les moyens, de la fermeté dans l'exécution, une heureuse harmonie entre les trois pouvoirs. Si le passé ne servait pas de leçon au présent, le plus sûr pour les êtres pensans serait d'abdiquer la qualité d'homme et d'aller vivre avec les brutes.

LES

# CAMPAGNES

## D'UN AVOCAT,

OU

## ANECDOTES

POUR SERVIR A L'HISTOIRE DE LA RÉVOLUTION.

Je n'ai pas vu les prémices de l'insurrection parisienne, ni le buste de Necker porté en triomphe, ni Mirabeau prêchant la sédition dans Paris, ni le prince de Lambesc nétoyant les Tuileries des séditieux qui les infestaient. Ce jour-là (1) j'assistai, avec ma famille, au dîner du Roi et de la Reine. Tous les traits de Louis XVI exprimaient le calme et la sérénité d'une ame noble et pure. A côté de lui, son

(1) Le 12 juillet 1789; jour du renvoi de Necker, et surveille de la prise de la Bastille.

auguste compagne brillait d'un air majestueux, tempéré par les grâces. Tous deux adressaient des paroles aimables à quelques personnes qu'ils distinguaient dans la foule empressée de les voir. Le dîner fini, nous descendîmes sur la terrasse, où notre attention fut captivée par la présence de *Madame Royale*. Nous remarquâmes, avec une vive émotion, sa tendre jeunesse, son badinage enfantin et pourtant réservé, la douce expression de ses regards, ses cheveux blonds tombant en boucles naturelles et ombrageant une figure angélique. M. le Dauphin jouait auprès de la Princesse, sa sœur. A peine sorti du berceau, il était tel que les peintres réprésentent l'Amour (1). Ce spectacle cependant, et le plaisir que nous avions goûté à voir le Roi et la Reine, nous laissèrent une impression de tristesse dont il nous fut impossible de nous défendre, et de démêler la cause.

---

(1) On connaît la destinée de cet auguste et malheureux enfant.

A l'âge de sept ans, il devint roi dans les fers. Dès ce moment, les Jacobins ne le désignèrent plus que par le nom de *Louveteau;* funeste présage du sort qu'ils lui réservaient! Privé des soins indispensables à son âge, tourmenté nuit et jour pas ses geoliers qui ne lui permettaient pas de dormir, il se traîna lentement, d'une prison fermée à la pitié, dans une tombe ignorée.

Remontés en voiture, nous arrivâmes sans rencontrer d'obstacles au milieu du village de Sèvres : mais là il s'ouvrit une autre scène. Nous fûmes arrêtés par les rumeurs du peuple et une foule de carrosses qui rebroussaient chemin. Ils n'avaient pu passer sur le pont, que l'on disait défendu par une batterie de canons. En réalité, il y avait une forte garde qui fermait ce passage. Nous prîmes notre route par les bois de Sèvres, de Meudon, et la plaine de Vaugirard. La nuit était profonde ; des attroupemens d'hommes, portant des armes et des torches allumées, nous demandèrent avec arrogance si nous étions du *tiers-état*. Je portais mon costume de cérémonie ; c'était aussi celui des députés du *tiers ;* il fut respecté des brigands et nous préserva de leurs insultes.

A onze heures du soir, nous entrâmes à Paris ; les rues étaient encore tumultueuses, et nous apprîmes qu'il y avait *insurrection.*

Le lendemain, au son du tocsin, les habitans de mon quartier se réunirent dans l'église des Cordeliers. Le tumulte y était effroyable ; je ne pouvais revenir de ma surprise : j'avais vu régner le calme à Versailles, et Paris était en feu : on criait à la trahison, on vomissait des imprécations contre la Cour. Mes questions s'adressent à tout le monde, et personne ne me répond.

Enfin j'aperçois Danton, mon confrère, en qui j'avais toujours remarqué un esprit juste, un caractère doux, modeste et silencieux. Quelle fut ma surprise, en le voyant debout sur une table, déclamer du ton d'un frénétique, appelant les citoyens aux armes, pour repousser 15000 brigands rassemblés à Montmartre, et une armée de 30,000 hommes prête à fondre sur Paris, le livrer au pillage et en égorger les habitans (1)!

---

(1) Les mêmes sujets d'alarme se répétaient dans toutes les assemblées, au nombre de cinquante ou soixante. Un pamphlet intitulé *Supplément au Journal du Point du Jour*, se distribuait avec profusion dans les rues, les promenades, les places publiques, les boutiques et les ateliers : il contenait la même annonce de pillage et de massacre ; il ajoutait que des batteries de canons et de mortiers étaient établies à Montmartre, pour foudroyer et incendier la ville.

Les Parisiens croyaient sur parole les démagogues et les libelles ; ils se troublaient, s'effrayaient et fuyaient par toutes les barrières ; les équipages étaient arrêtés dans les rues et traduits devant les assemblées, pour y subir une visite ; on feignait de craindre qu'ils ne fussent chargés d'armes et d'ordres de la cour pour la ruine de la capitale ; mais c'était en effet pour augmenter l'alarme et la confusion.

Au reste personne ne proposa, ne s'avisa d'examiner, de vérifier les faits. J'allai à Montmartre, je visitai le village et fis le tour de la montagne. Je n'aperçus aucune

Epuisé de fatigue, Danton se calme et cède la place à un autre énergumène. Je vais à lui et je l'interroge sur la cause de ce vacarme; je lui parle de la tranquillité, de la sécurité que j'ai vues régner à Versailles. Il me répond que je n'y entends rien; que *le peuple souverain* est levé contre le despotisme. *Soyez des nôtres*, me dit-il; *le trône est renversé et votre état perdu: pensez-y bien.* Je réponds que je ne vois dans ce mouvement qu'une révolte qui le conduira, lui et ses pareils, à la potence.

Danton n'oublia point ma prophétie. Dans tout le cours de la révolution, jusqu'à sa mort, voulant être prophète à son tour, il ne me vit pas une seule fois sans me dire, selon les époques: *tu seras pendu*, ou bien: *tu seras guillotiné, aristocrate.* Je passe les adjectifs qui précédaient la qualité. Ma réponse était aussi toujours la même: *tu le seras avant moi*; et j'étais convaincu qu'il le serait (1).

---

disposition militaire; mais je vis un contraste parfait avec le désordre de Paris; je vis des meûniers, des plâtriers, des carriers et les dociles compagnons de leurs travaux, allant leur train ordinaire.

(1) Telle était dès-lors et telle devint par la suite, la violence des haines de parti, que le jour où Danton fut envoyé à l'échafaud, je me plaçai sur son passage, afin

J'eus bientôt un autre pressentiment qui brisa mon cœur. En voyant le Roi prisonnier à Paris, je pensai que ce monarque aurait le sort de Charles Ier; et, jusqu'au moment de la catastrophe,

---

que ma présence lui rappelât ma prédiction et augmentât son supplice. Il ne me remarqua point; mais je ne m'en reproche pas moins, depuis plus de vingt ans, ce trait de cruauté que je rapporte, en historien fidèle, pour peindre l'esprit du temps.

C'est à Necker qu'il faut attribuer le caractère odieux qui distingue cette révolution. Pour assurer à ses projets de régénération la majorité des suffrages dans les états-généraux, il doubla la représentation du tiers, et par cette mesure, juste en apparence, mais perfide ou inepte en réalité, il excita dans toutes les classes et porta jusqu'à la fureur l'ambition, la jalousie, la haine, l'esprit d'intrigue et de cabale. Il réussit donc à réunir, au nom d'un roi vertueux, et à concentrer dans une assemblée de douze cents députés qui ne devaient jamais s'accorder, tous les élémens destructeurs des empires.

Une autorité politique, ainsi composée, ne pouvait engendrer que des calamités. Aussi est-ce sous les auspices de la majorité de ses membres que des milliers de brigands ont pillé, assassiné et incendié systématiquement, dans toutes les parties de la France. C'est sous les mêmes auspices que Louis XVI a été arraché de son palais, avec sa famille, traîné ignominieusement de Versailles à Paris, au milieu de toute la canaille ivre de la ville et des faubourgs, et qu'il est resté prisonnier jusqu'à sa mort. C'est enfin dans le sein de cette assemblée que

je n'eus pas la consolation d'en douter un instant. Cependant je me suis placé, plus d'une fois, entre sa personne sacrée et ses oppresseurs.

Pendant les plus violens accès des mouvemens populaires, il se forma chez Gatey, libraire au Palais-Royal, une réunion spontanée de royalistes; mais elle se tenait en public et fut souvent troublée par les agens des factieux. Je conçus le plan d'une société délibérante dans une maison fermée. L'assemblée de Gatey m'en fournit le fond, et le *Salon Français* s'établit dans un vaste appartement de la rue Royale, Butte-Saint-

---

Robespierre s'est formé aux crimes qui ont signalé la tourbe immonde, improprement nommée *Convention nationale*.

Necker peut avoir eu de bonnes intentions; mais son entreprise surpassait ses forces. C'était un génie de bureau, tourmenté par de vastes projets, imbu de la doctrine des philosophes qui soupaient à sa table, et des paradoxes du Contrat Social. Il profita de l'occasion pour les soumettre à une expérience en grand, dont le Peuple français serait la matière première. Le but de Necker était un miracle politico-philosophique, à la faveur duquel il espérait faire jaillir la lumière des ténèbres et l'ordre du désordre, pour fonder une société nouvelle sur les ruines de l'ancienne

Des deux résultats qu'il cherchait, les ruines furent le seul qu'il obtint.

Roch. Son malheur vint de ses succès mêmes. La noblesse de la cour et de la ville s'y porta en foule; le luxe et le fracas des voitures la firent remarquer; on ameuta la canaille qui vint nous assiéger en plein jour. Nous envoyâmes une députation à Bailly, maire de Paris; il se rendit au milieu de nous : naturellement doux et poli, il nous fit beaucoup de complimens, en nous donnant le conseil de nous séparer. Un fort détachement de la garde nationale fut appelé pour protéger notre retraite; mais, non moins mal disposée que la populace, tout en nous garantissant des voies de fait, elle nous accabla d'injures. Rien ne peut être comparé à la stupide fureur des Parisiens d'alors : le Roi a bien voulu la leur pardonner, je la leur pardonne aussi; car ils l'ont bien expiée.

Au reste, cette maladie est endémique chez ce peuple léger, babillard et mutin; elle le saisit une fois, au moins, de siècle en siècle, depuis que nos rois ont acquis assez de puissance pour arrêter les guerres féodales entre les grands vassaux de la couronne.

Les convulsions politiques des bourgeois de Paris étant ainsi réglées par périodes, à partir de la régence de Charles-Dauphin, et de la révolte du prévôt des marchands Marcel, jusqu'à nos jours, je n'aurai pas le chagrin d'être témoin de la première rechute (1).

L'échec que venait d'éprouver la société du

(1) L'histoire du monde ne présente pas deux règnes successifs plus modérés que ceux de Louis XV et de Louis XVI, et jamais la nation ne fut plus libre, plus riche, plus heureuse que sous ces princes. Cependant le germe de l'insurrection a fermenté dans Paris, pendant trente ans sous le premier, et une révolution atroce a éclaté sous le second. L'un a failli mourir de la main d'un assassin privé, l'autre est mort d'un assassinat par forme de jugement.

Je remonte plus haut, et, sans m'arrêter aux règnes de Louis XIII et de Louis XIV, quoique également troublés par le démon de la révolte, je trouve encore deux rois tombés sous les poignards, l'un au milieu de son armée et des calamités de la guerre civile, l'autre entouré de son peuple, au sein de la paix et de la prospérité publique. Remontez ensuite à François II, Charles VII, Charles VI, au fils du roi Jean, et vous me direz si le droit de vous gouverner est un bénéfice sans charge.

Vous reconnaissez maintenant, mais un peu tard, que ce droit sacré est la source du bonheur public et la sauvegarde des nations. La preuve en est récente et ne s'effacera jamais de la mémoire des hommes. Après avoir lutté pendant vingt ans contre vos armées, d'abord révolutionnaires, puis conquérantes, toutes celles de l'Europe marchent sur Paris. Arrivées triomphantes aux barrières, elles vont les franchir, au nombre de 200,000 hommes. La terreur vous saisit, vous ne prévoyez plus que ruines,

*Salon Français* ne la découragea point. Un appartement dans le Palais-Royal, au second étage, nous offrit un asile aussi agréable que sûr. Ce fut là, qu'au commencement de 1790, M. le duc de Villequier nous avertit (1) que la famille royale était exposée au danger d'une attaque de la part de Santerre. Nous nous tînmes prêts, au nombre d'environ quatre cents, ayant presque tous des pistolets. On se rendit au château à l'heure indiquée.

Santerre avait formé sa troupe au faubourg St.-Antoine; La Fayette marcha à lui; quelques coups de fusil échangés, de loin, entre ces fiers rivaux terminèrent la campagne à l'avantage du général en chef. Il vint triomphant investir le château avec les gardes françaises.

Surpris de voir les appartemens remplis de

---

pillage et massacres; les mères pleurent sur le sort réservé à leurs filles, les enfans sur celui de leurs parens. Tout est perdu! Mais, ô prodige! un peuple immense se rassemble, il invoque, pour la première fois, son Roi absent, et ce peuple est sauvé! Le monarque veut bien le juger selon son propre cœur; il arrive et pardonne; c'est un père qui remplace une longue suite de tyrans, et la France renaît au bonheur.

(1) Je crois, sans pouvoir l'affirmer, que M. le duc de Pienne parut au Salon le même jour.

serviteurs du Roi, il s'en plaignit comme d'une marque de défiance qui blessait son honneur. Pour le calmer, le Roi daigna nous réunir autour de sa personne, nous remercia de notre zèle et nous ordonna de déposer nos armes. Chacun obéit; la foule s'écoula lentement par le grand escalier, bordé des deux côtés de gardes françaises. Ils insultèrent et frappèrent de leurs armes tous ceux qu'ils purent atteindre. Plusieurs d'entre nous furent grièvement blessés; j'allais avoir mon tour, sans une rencontre imprévue.

Depuis les premiers jours de la révolution, une différence d'opinions m'avait brouillé avec un ancien ami, M. D****; il était capitaine de grenadiers de la garde nationale; sa compagnie occupait alors le poste du pavillon de Marsan. Près d'un an s'était passé sans nous être rencontrés, quoique voisins, parce que nous affections de nous éviter : il m'aperçut, vint à moi à travers la foule, me saisit au bras, en disant : *Vous êtes mon prisonnier, marchez.* Je le suis docilement jusques dans la cour de Marsan, après avoir fait de longs détours, sans proférer une parole, tant ma confusion était grande. Je retournai au *Salon Français*; j'y vis arriver successivement une centaine de mes compagnons d'infortune, transportés de fureur, ayant les cheveux en désordre, les vêtemens déchirés et le corps meurtri. Le comte de Bec-de-Liévre s'était fait transporter chez lui, grièvement blessé à une jambe. Les Jacobins, qui avaient déjà perfectionné la science de la calomnie, nommèrent cette malencontre *la Journée des poignards*.

J'allai le lendemain voir M. D****, et depuis ce temps, nous vivons en bonne intelligence.

Le 21 juin, j'errais sans aucun but dans le jardin des Tuileries, abîmé dans mes tristes pensées, au milieu du tumulte causé par la populace armée des faubourgs qui inondait aussi le château. Je fus tiré de ma rêverie par M. P***, ingénieur des ponts et chaussées. Nous déplorions ensemble l'outrage fait à la majesté royale et les dangers auxquels étaient exposés le Roi et son auguste famille, lorsque nous fûmes interrompus par un jeune homme qui m'aurait inspiré de la défiance, sans l'accueil qu'il reçut de M. P***. Il avait le ton soldatesque, les yeux vifs, le teint bilieux, un langage commun, un nom étranger : il s'expliqua librement sur le désordre dont nous étions occupés, et dit que s'il était roi, *cela ne se passerait pas de même*. Je fis peu d'attention à ce propos ; mais des événemens postérieurs l'ont rappelé à mon souvenir, car l'interlocuteur était *Bonaparte*.

A la fin de juillet, je rencontrai Lequinio ; il me dit en forme d'avis, mais d'une manière vague, qu'un grand événement se préparait, qu'il y avait *un coup monté*, que *la mine se chargeait et qu'elle sauterait au premier jour.*

J'allai donner ce renseignement au *Salon Français*. Les uns en furent alarmés, les autres, se prétendant bien informés, assurèrent que la cour connaissait les projets des factieux et que les mesures étaient prises. Les miennes furent de louer un logement à Meudon et d'y envoyer ma famille.

Le 10 août, je m'éveillai au bruit du tocsin, de la générale et de la marche bruyante d'une troupe de Marseillais. Je les suivis d'assez près. Je fis de vains efforts pour pénétrer dans le château, il était investi. Je le fus moi-même, sans prévoir comment je me tirerais du milieu de cette foule de forcenés. J'y passai deux heures, foulé, pressé, heurté, renversé, tantôt d'un côté, tantôt de l'autre. Je rencontrai enfin mon portier, armé d'une pique; il marchait difficilement et me fit voir qu'il était blessé au pied; c'était d'un coup de fusil tiré par un Suisse; *mais*, ajouta-t-il, *j'ai aidé à tuer un de ses camarades, et, par ainsi, nous sommes quittes. Maintenant, il faut retourner au logis; je vous conseille, citoyen, d'en faire autant; il ne fait pas bon pour vous ici. Donnez-moi le bras, prenez ma pique, et je vous réponds du poste.* Je le pris au mot, et, moyennant cette sauve-garde, j'arrivai chez moi sans accident.

J'y étais encore, sans ma famille, lors des massacres de septembre. Je passais mon temps à l'assemblée dans l'église des Cordeliers; car il fallait se faire voir; la peur était un mauvais gardien. Le second jour, à sept heures du soir, l'on vint annoncer que tous les districts enverraient, cette nuit, des patrouilles pour cerner les prisons et arrêter l'effusion du sang. L'on proposa aux hommes de bonne volonté de s'inscrire pour en former une. Je donnai l'exemple; mais il n'y eut que dix noms, le mien compris. La patrouille se mit en marche à dix heures. Arrivés dans une petite rue près de l'Abbaye, nous nous arrêtâmes à la porte d'un cabaret où il se faisait du bruit. Un homme revêtu d'une écharpe tricolore parut: il nous apprit que ce cabaret était autorisé à rester ouvert toute la nuit, *pour faire rafraîchir les citoyens qui travaillaient à l'Abbaye*. Nous allâmes à la porte de la prison, sans rencontrer d'autres patrouilles. Des cris aigus partis du haut d'une cheminée, nous firent entrevoir un homme qui disparut aussitôt. C'était le jeune comte de Monsabré: il avait réussi à s'élever dans le tuyau jusqu'à l'ouverture extérieure, espérant de fuir par les combles. On alluma un grand feu de paille, dont la chaleur et la fumée le suffoquèrent : il tomba de toute la hauteur de la cheminée dans le brasier et fut égorgé. Les autres exécutions se faisaient entre deux guichets et à la porte de la prison. Un coup de massue terrassait chaque victime ; des coups de sabre, de couteau ou de poignard lui ôtaient la vie ; on la dépouillait de ses vêtemens, et, le corps retourné, la figure dans le ruisseau, on la traînait par les pieds jusques dans la cour de l'Abbaye, du côté de la rue du Four (1). Un de ces monstres, en considérant la patrouille et remarquant l'horreur dont nous étions tous pénétrés, nous dit : *Citoyens, il n'y a rien à faire pour vous : nous sommes les plus forts et nous travaillons par ordre.*

Ne pouvant rien entreprendre, nous comptions encore sur les renforts qu'on avait annoncés, et, résolus de les attendre, nous entrâmes dans la cour que je viens d'indiquer. Quel spectacle ! ce lieu paraissait être un vaste tombeau, éclairé par de larges lampions qui réfléchissaient, sur les objets environnans, une lumière effrayante. D'un côté, on voyait une charette attelée de deux

(1) Cette enceinte que je n'avais jamais vue, me parut dans l'obscurité être une cour ; je viens de la revoir, après vingt-deux ans : c'est la place de Saint-Germain-des-Prés. Peut-être s'y est-il fait des changemens.

chevaux, qui attendait une charge de cadavres; de l'autre, une vingtaine de corps, légèrement recouverts de paille et rangés côte à côte. Entre-deux, était une grande table, entourée de buveurs, dont les bras et les jambes nous paraissaient avoir été lavés dans le sang; leurs chemises en étaient couvertes depuis la ceinture jusqu'au colet. Trois de leurs camarades, couchés sur les cadavres, dormaient d'un profond sommeil. L'horreur de cette scène était augmentée à chaque instant par l'arrivée de nouveaux corps que les tigres traînaient à leur suite, en poussant des cris de joie et hurlant des chansons alors nommées patriotiques.

Aucun secours n'étant venu à deux heures du matin, nous sortîmes de ce gouffre, pour chercher dans nos demeures un repos qu'il me fut impossible d'y trouver. J'avais le cœur brisé et la tête perdue. J'attendis le jour avec impatience pour courir un danger plus grand; car la vie m'était devenue odieuse. J'allai chez Danton, ministre de la justice et l'ordonnateur principal de cette horrible fête. Je l'apostrophai d'un ton farouche : *Puisque tu n'as pas jugé à propos de me faire égorger*, lui dis-je, *donnes-moi une permission de sortir de Paris; je veux m'éloigner de ce lieu d'abominations*. L'on ne pouvait, en effet, se présenter impunément aux barrières, sans un passeport des grands *fonctionnaires* ou des comités révolutionnaires. La surprise de Danton éclata sur sa monstrueuse figure; il parut réfléchir, puis reprenant son ton ordinaire, il dit : *ceci est la justice nationale: ce qui le prouve, c'est que tu respires, que tu es libre et que tu y prends toi-même confiance, puisque tu oses te présenter devant moi dans ce moment redoutable. Tu ne t'es pas trompé : le peuple souverain fait une guerre à mort aux traîtres et non aux opinions.* Après avoir écrit quelques lignes, il me les remit en ajoutant : *voilà ton passeport; vas.....* L'on devinera aisément la finale que je laisse en blanc.

J'allais chercher le repos à Meudon, j'y trouvai la désolation. Les jeunes gens de ce village, conduits à Versailles pour la boucherie des prisonniers d'Orléans, en étaient revenus triomphans du carnage auxquel ils avaient concouru. Ils portaient sur des piques des têtes et des membres sanglans; l'un d'eux serrait dans ses mains un cœur qu'il disait être celui du duc de Brissac. Plusieurs entrèrent dans un cabaret et se firent servir du vin. Ils posèrent sur la table une tête, entre plusieurs chandelles allumées, et se mirent à chanter, par dérision, des versets funèbres. Le maître de la maison frappé de terreur, souffrait ce scandale; mais l'arrivée de son épouse y mit fin. Cette femme courageuse, animée d'une sainte colère, accabla les assassins de tant d'imprécations et de malédictions, qu'ils se retirèrent confus de leur crime, dont ils commençaient à sentir l'énormité. Cela se conçoit : on les avait enivrés d'eau-de-vie *avec infusion de poudre à canon*, pour les traîner à Versailles; ils en avaient bu sur la route à leur retour. Ils furent rappelés au sang-froid par le vertueux emportement d'une femme qu'ils respectaient. Les dépouilles dont ils avaient fait des trophées, furent jetées dans l'abreuvoir; mais lorsque leur frénésie fut entièrement calmée, M. Delaunai, maire du lieu, leur ordonna de recueillir ces reliques et de les déposer dans la sépulture commune; il fut obéi. A quelque temps de là, de gré ou de force, ils marchèrent tous aux armées où ils ont péri. Il est certain du moins qu'aucun d'eux n'a reparu dans le village.

A mon retour de Meudon, il m'arriva encore une aventure sinistre. Mon barbier, avec une physionomie ouverte et un langage *patelin*, était un agent subalterne de Marat. Je lui avais fait plusieurs remontrances à ce sujet; il m'avait écouté avec docilité et n'était point corrigé. Se disposant à m'appliquer le rasoir, il fut saisi d'un tremblement convulsif. Je le repoussai vivement. Sa figure était pâle, ses traits décomposés. Je lui témoignait une confiance que je n'avais pas. Il se remit de son trouble et revint à la charge Le tremblement redoubla. Au troisième essai, le rasoir glissa de sa main. Je quittai la place et lui dis, sans paraître ému, que le voyant sujet à de tels accidens, je ne me servirais plus de son ministère et qu'il eut à m'envoyer un garçon. Cela fut fait. Mon portier, informé de l'aventure, vint me dire en confidence que ce misérable avait aidé au massacre des ecclésiastiques enfermés aux carmes, et que la montre qu'il portait était celle d'un évêque qu'il avait égorgé.

J'arrive à la plus déplorable époque de la révolution, au jugement et à la mort de Louis XVI. Target ayant refusé de le défendre, j'écrivis au président de l'assemblée en ces termes : « Je vous « prie d'annoncer à la convention nationale, « que j'offre de partager avec le citoyen Lamoi- « gnon-Malesherbes les fonctions de conseil de « Louis XVI : quelques succès obtenus en dé- « fendant des infortunés, m'encouragent bien « plus que le sentiment de mes forces, à me « présenter pour remplir cet honorable et triste « ministère (1). »

---

(1) Cette lettre est authentique. Elle a été recueillie par les journaux du temps, notamment par celui de Perlet, volume commençant au 1er décembre 1792, p. 122, où elle se trouve à côté de celle de M. de Malesherbes et

Mon parti était pris; je sauvais le roi, en excitant dans l'assemblée un mouvement extraordinaire, ou je périssais avec lui.

J'espérais, en effet, que l'exemple d'un dévouement audacieux électriserait les ames engourdies dans la terreur, et que les députés, secrètement bien intentionnés, étant avertis de leur force, rompraient, par un élan simultané, toutes les mesures des conjurés (1).

Ce plan aurait-il été agréé par le roi? Je ne me faisais point cette question. Cependant l'on peut en douter, quand on se rappelle sa sublime résignation et la bonté de son cœur, que de longs malheurs, une cruelle captivité et l'aspect de la mort n'ont jamais pu altérer.

Après la catastrophe, le tribunal révolutionnaire multiplia ses assassinats dans une progres-

---

de celle qui contient le refus de Target. Elle a été publiée de nouveau, depuis la restauration, par la Gazette de France, le Journal des Débats et l'historien du Procès de Louis XVI.

(1) La faiblesse des conjurés fut prouvée, dix-huit mois après, par la rapidité de leur chute.

Trois partis maîtrisaient l'assemblée tour-à-tour et par des secousses alternatives. Ils avaient à leur tête *Robespierre*, *Danton* et *Brissot*. Relativement à la condamnation à mort, ce dernier parti était divisé d'opinions. Il a péri, comme celui de Danton, par l'ascendant du premier, et celui-ci fut renversé au moment du dernier effort qu'il tentait pour affermir sa domination.

sion toujours croissante. Fouquier-Tainville annonça en ma présence, que les têtes allaient tomber *comme les ardoises par un temps d'orage*. Je m'introduisis dans son repaire, et, pendant quinze mois que les défenseurs y furent tolérés, j'ai consolé cent cinquante victimes, et sauvé environ trente *prévenus de conspiration.*

Alors toute la France était plongée dans le deuil. Le ton général de la nation la plus aimable de l'Europe, était triste et silencieux. La défiance régnait dans toutes les familles, soit par la différence d'opinions qui en divisait les membres, soit à cause des domestiques qui tous étaient regardés comme espions. Les époux se parlaient à l'oreille dans le lit conjugal Les mœurs du peuple étaient celles d'une horde sauvage; la grossièreté, l'obscénité même en formaient les principaux traits. Les sentimens généreux semblaient être bannis d'une contrée, autrefois la terre classique de la politesse et la patrie des beaux-arts. Le mot *honneur* fut rayé de la langue par les jacobins, comme rappelant le souvenir de l'inégalité des conditions et le régime féodal. Le glaive révolutionnaire frappait, de préférence, les plus sages et les plus nobles têtes. Une larme donnée à l'innocence, devenait un titre de proscription ou provoquait un arrêt de mort. Les vêtemens étaient analogues à la dégradation du caractère national.

L'homme élevé dans toutes les recherches du luxe, croyait avoir sujet d'être content de sa personne, s'il avait réussi à acquérir les manières et l'exactitude du costume d'un porte-faix ; heureux ! quand, malgré l'illustration de son nom, les haillons dont il se couvrait et les sabots qui formaient sa chaussure, l'avaient fait admettre, sous le titre de *sans-culotte*, dans la société populaire, où il déclamait contre l'orgueil *des riches*, et recommandait, à la populace, l'amour de l'égalité.

Le tribunal révolutionnaire accordait des défenseurs aux accusés ; mais leur ministère était sans objet réel, lorsque la victime se trouvait être désignée par les comités de la convention, le club des jacobins, les sociétés populaires ou les députés en mission. Les défenseurs n'en agissaient pas moins de bonne foi ; ils n'étaient pas dans le secret des tyrans.

Pour être en règle, ils devaient être munis de *certificats de civisme* ; et une loi célèbre déclarait suspects tous ceux auxquels de tels certificats seraient refusés.

Au commencement de chaque *décade* (1), le

---

(1) La *décade* était composée de dix jours, dont le dernier était consacré au repos.

tribunal faisait afficher à la porte et dans l'intérieur de l'auditoire et de ses bureaux un placard, pour interdire l'audience aux défenseurs qui n'avaient pas ce talisman. J'en étais privé et je n'en plaidais pas moins. Souvent même le tribunal me nommait d'office. Il y avait lieu d'être inquiet; on l'est quelquefois pour un sujet moins grave.

Voulant en finir, je pris le prétexte d'une de ces nominations pour m'expliquer avec Fouquier-Tainville; je lui dis, d'un ton dégagé, que je n'avais point de certificat de civisme et que je ne voulais pas en demander; *car*, ajoutai-je, *tu sais que la loi déclare suspects ceux qui les demandent sans succès, et tu sais bien aussi ce que l'on fait des suspects dans ce tribunal.* Voici sa réponse : *moque-toi de ça* (j'adoucis le premier mot). *Vas ton train. La loi veut qu'il y ait des défenseurs : or, pour défendre des conspirateurs, il nous faut des aristocrates : les patriotes ne s'en chargeraient pas. — Mais ces placards? — C'est pour contenter le peuple* (1).

---

(1) Si tout aristocrate ou royaliste plaidait, de plein droit, devant le tribunal révolutionnaire, il n'en était pas de même dans les autres tribunaux. A défaut de certificat de civisme, l'on ne pouvait y parler à l'audience; et, à l'égard des procédures écrites, il fallait avoir la signature

Tranquille sur la parole de l'accusateur public, autant qu'on pouvait l'être avec de tels hommes, je continuai mon ministère. J'avouerai cependant, et l'on n'aura pas de peine à croire, que je n'entrai jamais dans l'auditoire sans éprouver un frisson; que souvent, réveillé a cinq heures du matin par le bruit de ma sonnette, j'ai cru voir mon dernier jour. C'était des actes d'accusation qu'un huissier du tribunal m'apportait, sur lesquels je devais plaider à dix heures, sans avoir encore vu l'accusé. Mes appréhensions étaient d'autant mieux fondées que les arrestations se multipliaient autour de mon domicile, et que, dès la pointe du jour, les coups de marteau

---

d'un républicain, sincère ou non. Mais la dernière espèce n'était point rare, et l'autre se prêtait à tout, moyennant salaire. D'ailleurs tous les états étant confondus dans l'égalité politique, les avocats avaient pour confrères d'anciens laquais formés à la parole au club des Jacobins. J'ai vu un porteur d'eau plaider la cause d'une femme publique. Il soutint que le propriétaire d'un cabinet garni occupé par celle qu'il nommait *sa cliente*, n'avait pu lui donner congé, sous prétexte de scandale, attendu que régulièrement chaque jour, elle payait le loyer de la veille. Il essaya ensuite de prouver que l'*état* de sa cliente ne scandalisait plus personne, depuis que *le fanatisme était aboli*. Le juge-de-paix indigné s'élança de son siége et jeta le rustre cynique à la porte de l'auditoire.

frappés aux portes des maisons voisines, m'en envoyaient l'avis dans mon lit. Je savais d'ailleurs que des personnes prises chez elles à midi, avaient été traînées à l'échafaud à deux heures.

J'avais un sujet d'inquiétude plus sérieux encore. Je voyais souvent des accusés, parmi ceux que je défendais, convaincus par des lettres écrites au commencement de la révolution et trouvées sous les scellés des émigrés. Le tribunal réservait toujours ces pièces pour la fin des débats (1). J'avais moi-même écrit plus de cent lettres pareilles, avec beaucoup de véhémence. Qui pouvait m'assurer qu'aucune de mes lettres n'avait été découverte, et que, lorsque j'aurais défendu un accusé, je ne me trouverais pas accusé moi-même et envoyé d'emblée au supplice? Je vis cet instant arrivé, à l'occasion de l'affaire de M. Gossin, ex-député à l'assemblée constituante, à qui j'avais écrit vingt lettres, dont chaque ligne aurait pu motiver un arrêt de mort.

Retiré à Bar-le-Duc, sa patrie, il fut forcé d'avoir, en sa qualité de maire de la ville, des

---

(1) C'était, selon l'expression de ces misérables, la *botte secrète*. L'un d'eux, après avoir prononcé l'arrêt de mort à un maître d'escrime, lui dit : *pares celle-là, si tu peux*.

relations avec l'armée prussienne. Cela suffit pour le faire décréter d'accusation par la convention. Il se retira à Verdun où il resta caché chez un parent, pendant une année. Un député en mission fut cependant chargé de faire une enquête juridique sur sa conduite; elle le justifiait complétement.

Madame Gossin vint à Paris pour faire révoquer le décret d'accusation. Les membres des comités, en lui exposant la difficulté d'une telle demande, lui persuadèrent d'engager son mari à subir un jugement, et se rendirent, en quelque sorte, garans du succès. Barrère fut seul d'un avis opposé et le soutint fortement. J'employai, de mon côté, tous mes efforts, tous les moyens de persuasion, pour inspirer à madame Gossin une juste défiance. Je m'appuyai surtout de l'autorité de Barrère. Mais, ô aveuglement! ô fatalité! les conseils de l'expérience, les prières de l'amitié n'ont pas d'accès dans le cœur de cette épouse trop tendre; elle ne voit dans l'avenir que des images riantes : un mari dans les bras de sa femme, un père dans ceux de ses enfans. Elle part et va l'enlever de son impénétrable asile, pour l'amener en poste à Paris. Il se repose un jour dans un hôtel garni; ce temps est employé à voir les protecteurs; ils le visitent, le rassurent. Le lendemain, accompagné de sa femme, il se présente à la Conciergerie; le geolier refuse de le recevoir, parce qu'il n'a pas connaissance du décret d'accusation. On sollicite un ordre de l'accusateur public, et le malheureux obtient enfin la faveur d'être écroué. Le procès-verbal de l'enquête qui justifie sa conduite est déposé au greffe. On demande un prompt jugement; il est fixé au cinquième jour; c'est une nouvelle faveur qui excite la reconnaissance des deux époux. Le jour, le moment est arrivé; l'accusé monte au tribunal rempli de confiance; mais elle l'abandonne quand il se voit associé à vingt autres accusés. Les débats sont courts; l'innocence de Gossin est prouvée jusqu'à l'évidence par le procès-verbal des députés; mais cette preuve se confond avec les moyens justificatifs des autres accusés, et tous sont condamnés, comme en masse, à perdre la vie.

Ma situation pendant le débat fut terrible. Le bureau était couvert de papiers, et Gossin n'avait pu me dire ce qu'étaient devenues mes lettres. Je lui avais indiqué un habile avocat, car j'aurais été inconsolable si je l'eusse défendu moi-même.

Sa mort fut précédée d'une circonstance déchirante. Debout dans la cour du palaisde Justice, ayant les mains liées, et les charettes étant remplies, il fut laissé à lui-même, perdu en quelque sorte dans la foule des curieux. Il se serait retiré librement, paisiblement, si un être sensible eût coupé ses liens; mais ceux qui étaient à ses côtés, se contentèrent de fixer sur lui des regards stupides. Les charettes étaient en marche et il les suivit machinalement jusqu'au lieu de l'exécution. Sa malheureuse épouse en perdit la raison et donna la vie à un cinquième enfant.

Fouquier-Tainville était secondé par plusieurs substituts. L*** (1), l'un d'eux, en exposant les faits d'une cause dont j'étais chargé, voulut prouver la *conspiration* d'un commissionnaire de roulage d'une des villes du nord de la France, âgé de quatre-vingt deux ans, et complétement sourd. Ce vieillard, dont l'établissement était dirigé par sa fille, veuve et mère de six jeunes enfans, impliquée dans le procès comme complice, était accusé d'avoir reçu chez lui une malle remplie d'effets précieux appartenant à un prince du sang, et de l'avoir expédiée pour Turin.

J'interrompis L***, en m'écriant que « ni » lui ni le représentant du peuple qui avait » envoyé cette honnête famille au tribunal,

---

(1) Je n'achève pas son nom, parce qu'il existe encore. Peut-être a-t-il expié ses crimes par de bonnes actions.

» n'avaient les premières notions de la géo-
» graphie, puisqu'ils supposaient qu'une malle
» envoyée au nord, était destinée pour le
» midi ; que l'ignorance avait produit beaucoup
» d'injustices ; mais qu'étant dévoilée dans la
» cause où je voulais bien ne pas voir autre chose,
» je croyais pouvoir me reposer sur les lumières
» du tribunal. » Ma saillie produisit un mouvement général d'indignation; les juges allèrent aux opinions pour décider de mon sort; je me crus perdu; car l'on m'accusait publiquement d'avoir voulu avilir une autorité constituée, la plus respectable de toutes, après la convention. Ce crime était prévu par les lois révolutionnaires et déclaré digne de mort. J'en fus quitte cependant pour recevoir une mercuriale du président Dumas. Ceux qui ont connu ce tigre, peuvent seuls se faire une idée juste du risque que j'ai couru (1). Mon client et sa fille furent condamnés. Ce vieillard ne fut point instruit de son sort. Il avait passé tout le temps de la séance dans un sommeil profond ; sa fille avait répondu pour

(1) Il était inaccessible et invisible chez lui. Il ne répondait aux personnes qui s'y présentaient, qu'à travers une chattière, pratiquée au bas de la porte de son galetas.

lui. Rentrés dans la geole et ayant les mains liées, elle sut lui persuader par des signes de tête et en affectant un air satisfait, qu'ils allaient être transférés dans une prison plus commode : hélas ! elle ne le trompait pas. Il aurait été désabusé, s'il avait porté son attention sur les autres condamnés ; mais il ne voyait que sa fille. Etant placé sur la charette fatale, il se rendormit appuyé sur elle. Au lieu du supplice elle obtint qu'il fût porté avec précaution sur l'échafaud ; et il passa, sans être informé de rien, du sommeil à la mort.

A quelque temps de là, Fouquier-Tainville m'étonna par un acte de sensibilité dont je fus l'objet.

J'avais à défendre, conjointement avec Julienne, M. Boncerf, ami de feu M. Turgot, et dont le parlement de Paris avait fait brûler une brochure révolutionnaire, plus de dix ans avant la révolution. Il était républicain dans toute la force du terme. Retiré dans un domaine national en Berri, il y fut arrêté comme conspirateur et envoyé à la Conciergerie, où il tomba malade. On le transféra à l'archevêché, dont on avait fait une infirmerie. Ayant besoin de régler sa défense avec lui, j'en demandai la permission à Fouquier-Tainville. Sur son refus, prononcé d'une voix brusque, je crus que j'étais tenu pour suspect; il s'en aperçut et reprit d'un ton plus doux : *Je te refuse la permission, parce qu'il règne dans l'infirmerie une maladie contagieuse : tu es père de famille, je veux t'en préserver.* J'insistai cependant et j'obtins l'ordre ; je vis mon client et ne gagnai point la maladie.

L'aventure de M. Boncerf est assez intéressante pour en continuer le récit.

Dès les premiers jours de la révolution nous nous trouvâmes tellement divisés d'opinions, que nous cessâmes de nous voir, après une amitié de quinze années. Retiré en Berri, il défrichait des terres et desséchait des étangs. Ce dessèchement, ordonné par un décret qu'il avait provoqué, lui avait fait autant d'ennemis qu'il existait de propriétaires dans une province où les étangs formaient une grande partie des richesses territoriales ; et ce fut la cause unique des dénonciations qui le conduisirent au tribunal révolutionnaire. Les jurés étaient au nombre de douze. Après un délibéré de deux heures, il y eut partage ; six votèrent pour la mort et six pour la vie. Il fut donc acquitté à défaut de majorité. L'exemple était unique dans les fastes de cette boucherie d'hommes. Pour ne pas le laisser prospérer, la convention rendit le lendemain un décret portant défense aux jurés de juger à l'avenir en nombre pair. M. Boncerf mourut six semaines après d'une fluxion de poitrine.

Puisque j'ai rapporté un trait d'humanité de Fouquier-Tainville, je ne dois pas oublier un acte de politesse non moins surprenant de Simon, président du comité révolutionnaire de la section de Marat (1). Mais je ne puis en faire connaître le mérite, sans quelques détails préliminaires.

Les jugemens du tribunal révolutionnaire étaient tous motivés en ces termes : *Il a existé une conspiration contre le peuple français, tendant à renverser le gouvernement républicain et à rétablir la royauté. — Un tel est convaincu d'être auteur ou complice de cette conspiration* (2).

---

(1) « Arraché des bras de sa famille, le jeune Louis XVII « fut remis entre les mains du fameux *Simon*, savetier « de son métier, que la commune avait élevé au poste « de gouverneur et d'instituteur du fils de son ancien Roi, « devenu Roi lui-même, par la mort de son malheureux « père. Ce prétendu gouverneur était le plus vil, comme « le plus grossier des hommes. Sa femme, altérée comme « lui de sang et de vin, ne proférait, d'une voix aigre, « que des propos obscènes et sanguinaires. » (*Journal de Cléry*.

On assure qu'une auguste princesse a découvert la veuve Simon dans un hôpital, et qu'oubliant le passé, elle l'a admise au partage des bienfaits que sa main libérale ne se lasse pas de répandre sur les malheureux.

(2) Souvent vingt accusés, qui ne s'étaient jamais vus,

Au moyen de cette formule simple et meurtrière, il n'y avait pas une action innocente à laquelle on ne pût prêter une intention criminelle.

Une des innombrables preuves de la conspiration était prise dans l'intention d'*affamer le peuple français*, pour le porter à un soulèvement contre la convention ; et l'on était censé coupable de ce crime, soit que l'on eût chez soi ou ailleurs, des objets de première nécessité ou d'une consommation habituelle, au-delà des besoins du jour ; soit qu'on en eût laissé perdre ou avarier. Ainsi un riche fermier, père de dix enfans, fut condamné à la peine de mort, parce qu'un de ses valets avait répandu devant la porte de sa grange, des criblures de seigle, en nettoyant le grain avec un van. Un ancien ministre d'état (1), octogénaire, le fut, sous prétexte que dans un bassin de son jardin, mis à sec, il avait fait pourir une quantité de froment. La suppo-

---

se trouvaient compris dans la même accusation, et étaient condamnés par le même jugement et dans les mêmes termes, comme complices les uns des autres. Cette forme de condamnation était nommée, par les Jacobins, *feu de file*.

(1) Je crois que c'est M. de la Verdie. Je garantis le fait et la qualité ; mais non la personne.

sition était fondée sur des brins de blé en herbe qui végétaient au fond de ce bassin. Pareille condamnation fut prononcée contre un habitant de Paris, pour quelques croûtes de pain entassées par sa servante au fond d'un buffet, et découvertes dans le cours d'une *visite domiciliaire*.

Ces visites étaient des perquisitions que les comités révolutionnaires et les *commissaires aux accaparemens* faisaient, à volonté, chez les personnes soupçonnées *d'incivisme*, sous prétexte d'y chercher des armes cachées, des munitions de guerre et des provisions de bouche excédant les besoins journaliers, et enfin des preuves de la grande conspiration contre le peuple français.

Rarement les perquisiteurs se retiraient les mains vides. Lorsqu'ils ne trouvaient rien à prendre, selon les règles de leur mission, ils prenaient, soit individuellement et en secret, soit collectivement et sans précaution, les bijoux, montres, vaisselle d'or et d'argent, même l'or et l'argent monnoyés. Heureux encore les propriétaires, lorsqu'à raison de ces objets de luxe, ils n'étaient pas déclarés suspects et conduits en prison (1).

---

(1) Les prisons des suspects étaient, selon le style du temps, les *gardes-manger* du tribunal révolutionnaire.

Il arrivait aussi que ceux de ces brigands privilégiés qui n'avaient pas été admis au partage du butin dénonçaient leurs confrères. Dans ce cas, le tribunal ne pouvait se dispenser d'en faire justice. Plusieurs commissaires de mon arrondissement ont subi la peine de mort, non comme voleurs, puisque le vol était l'objet spécial des *visites domiciliaires*, mais pour avoir compromis la dignité de fonctionnaires républicains, par leur maladresse dans la forme de l'exécution. L'un d'eux se nommait *Ducroquet*.

Informé qu'un de mes voisins, qui possédait deux pains de sucre, venait d'être arrêté et dévalisé par le comité révolutionnaire, je m'avisai, comme par inspiration, de me trouver coupable du crime d'*accaparement*, à raison d'une certaine quantité de tabac en poudre que je tenais en réserve. J'allai sans délai en faire la déclaration au comité révolutionnaire, en offrant d'abandonner ma provision au *peuple français*. Voici le dialogue qui eut lieu à ce sujet entre Simon et moi : « Citoyen, ton tabac est-il bon? — Tiens, citoyen président, goûtes-le. — Il est, ma foi, excellent! Combien en as-tu? — Environ cent livres. — Je t'en fais mon compliment, et je te conseille de le garder pour toi : tu n'en retrouverais pas de pareil au *maximum* (1).

---

(1) Le *maximum* était une taxe faite par un décret

L'amour de la vie, ce premier sentiment de tous les êtres, s'était généralement affaibli sous le régime de la terreur. L'existence alors était

---

de la Convention, de tous les objets de consommation, en valeur nominale, ou plutôt idéale, de papier-monnaie, dont la dépréciation progressive tournait au préjudice des vendeurs. Il s'en suivit une disette générale de toutes les choses nécessaires à la vie; disette que les régulateurs de la prétendue République affectaient d'attribuer à une conspiration des ennemis du Peuple Français. Avec ce système, il était facile de trouver des conspirateurs et de motiver des arrêts de mort dans la forme que j'ai rapportée. Il était facile encore d'exécuter le plan arrêté sous Robespierre, dans le club des Jacobins, de réduire la population de la France au tiers de ce qu'elle était, tant pour rendre la République plus commode à gouverner, que pour économiser les denrées de première nécessité. Ce moyen ne paraissait pas encore suffisant au zèle de certains patriotes, parmi lesquels il s'en trouva un qui fit, en séance publique du conseil municipal de Paris, la motion de tuer toutes les personnes des deux sexes au-dessus de cinquante ans, comme inutiles; offrant de faire lui-même, à la patrie, le sacrifice de son existence, lorsqu'il aurait atteint cet âge dont il était peu éloigné. Santerre, commandant du faubourg Saint-Antoine, proposa, par amendement, de réduire la mesure d'économie publique à exterminer les chiens et les chats.

A cette époque, le jardin des Tuileries était planté en pommes de terre : l'on n'avait à Paris que du pain noir, gluant et malsain, ou du biscuit de mer moisi; on les un fardeau ; la preuve en est dans l'indifférence et même dans l'air de satisfaction qui accompagnaient un grand nombre de condamnés, jusqu'au

---

distribuait, par petites portions, sur des coupons journaliers où la ration de chaque ménage était écrite. Les boutiques des boulangers et les boucheries étaient fermées. Je me pourvoyais de viande chez un marchand mercier du Palais-Royal, nommé Péage. J'ai fait venir du pain de Metz, des haricots de Nanci, de la farine de Lille et d'Auch. Pour s'approvisionner de si loin, il fallait user de mystère et ne s'adresser qu'à des correspondans sûrs. La farine, toujours en petite quantité, arrivait dans des caisses par les diligences. Le pain qu'on se procurait aux environs de Paris, était déposé à l'entrée des faubourgs; on le coupait par morceaux que l'on cachait dans ses poches. Ceux qui le faisaient cuire chez eux, tremblaient que l'odeur du pain chaud ne passât dans la rue. Donner un pain à un ami, ou pour récompense d'un service rendu, était un acte de générosité. Mon médecin, à qui je voulus payer ses visites, me pria de garder mon papier et de lui donner quelques livres de farine.

Cependant aucun de ces objets ne manquait en France, et Paris n'eût pas cessé de jouir de l'abondance, s'il avait été permis de se procurer le nécessaire à prix d'argent : mais l'on aurait pu être accusé d'avilir les assignats qui étaient exclusivement la monnaie nationale; ce crime était puni par les lois révolutionnaires. Les marchands mêmes refusaient l'argent, quand les personnes qui leur en offraient quelquefois, ne leur étaient pas bien connues.

supplice. D'autres, que les tyrans n'auraient peut-être jamais aperçus, provoquaient leur fureur pour obtenir la mort. J'ai vu condamner trois

---

Après la chute de la faction terroriste, une réaction morale poussa les esprits de la stupeur au délire; et comme il fallait un aliment à leur prodigieuse activité, chacun se fit commerçant de toute espèce de denrées et d'objets de consommation. Quarante milliards d'assignats qui circulaient en France servirent au rapide développement de cette étrange manie. Le *ci-devant* marquis, rencontrant le *ci-devant* comte sur le pavé de Paris, lui proposait d'emblée une *partie* de chandelles. L'autre acceptait à condition que la marchandise offerte serait payée avec une *partie* de savon, sauf la solde. L'on m'a parlé de l'échange d'une *partie* de fumier *consommé* contre une partie de beurre fondu, moyennant un appoint de soixante-trois mille francs, pour égaliser les valeurs L'on se passait du nécessaire pour vendre la provision du jour. Plus souvent encore l'on vendait ce que l'on n'avait pas : par exemple, dix personnes achetaient et revendaient successivement, dans le même jour, une *partie* de café du magasin d'un épicier, qui n'en était pas informé. L'on gagnait des millions sur le prix fugitif de marchandises qu'on s'obligeait à livrer dans vingt-quatre heures. Le vendeur se couchait riche; mais il se levait ruiné, parce que les objets vendus la veille avaient doublé de valeur pendant qu'il dormait.

Dans les marchés à terme, la livraison n'était pas nécessaire; il suffisait de payer la *différence*.

Il y avait alors des républicains d'assez bonne foi

jeunes filles et un dragon, uniquement parce qu'ils voulaient mourir. La première est mademoiselle Gatey, sœur du libraire. Elle était dans la foule qui remplissait journellement l'auditoire, quand elle entendit prononcer la sentence de son frère ; elle cria : *Vive le Roi!* On voulut lui imposer silence et la sauver, en lui ouvrant un passage pour s'enfuir : elle répéta dix fois son cri d'une voix plus ferme. Elle fut mise en jugement le lendemain ; on me nomma d'office pour le simulacre de la défense. Je n'espérais rien et cependant j'insistai sur cet axiome : *Volenti mori non creditur.* Je citai l'exemple d'un homme qui, s'accusant lui-même d'un crime capital, pour obtenir la mort, ne porterait pas la conviction dans l'ame de ses juges ; il leur faudrait d'autres preuves pour le condamner. Cette doctrine n'était point à l'usage des ré-

---

pour vendre leur patrimoine entier dans l'espérance de devenir millionnaires, lorsque les assignats seraient remontés au taux de l'argent. J'ai été témoin d'un de ces actes de démence, et je pourrais nommer l'insensé qui a vendu une maison, produisant aujourd'hui six mille francs de loyers, au prix de douze millions en assignats. Il les enferma soigneusement dans un coffre-fort où ses enfans les trouvèrent démonétisés, quand le chagrin eut terminé ses jours.

volutionnaires, et M^lle^. Gatey était bien loin de se prêter à mes efforts : en irritant ses juges par des sarcasmes, elle obtint ce qu'elle désirait.

Les deux autres jeunes filles étaient assises à côté d'elle. On les avait arrêtées dans la rue Saint-Honoré, au moment où elles affectaient d'ameuter les passans par le cri de *vive le Roi !*

Plus loin, sur le même siége, était le dragon ; il avait été pris à l'armée, le lendemain d'une action où son régiment s'était distingué. Il avait dit, dans un accès de mauvaise humeur, qu'*il était las de se battre pour des coquins qui désolaient la France et laissaient les dragons sans bottes et sans pain.*

Plusieurs défenseurs se trouvaient présens, et les accusés au nombre de douze ou quinze. Le dragon approuvait ou blâmait comme s'il eût été placé là en qualité de censeur public : *Bon*, disait-il, *ça est juste, mais ça ne prendra pas. — Ceci ne vaut rien. — A merveille ça ! — Celui-ci parle comme un jacobin ; je plaiderais mieux, si je m'en mêlais....* Comme accusé rebelle, il avait les mains liées ; mais il fut impossible de lui lier la langue. Son défenseur d'office s'étant levé pour plaider, il lui imposa silence. *Je ne reconnais*, dit-il, *de défenseur que le sabre ; qu'on me rende le mien et qu'on en donne, si l'on veut, à toute cette canaille de jurés et de juges : l'on verra beau jeu. Je consens à laisser dépendre ma vie de la victoire.* Le président furieux le mit hors de débat : il fut reconduit en prison et condamné en son absence.

La conduite des deux jeunes filles fut plus mesurée. Une gaîté naturelle animait leurs traits et ne les abandonna pas un instant. Elles raillaient les juges et les jurés avec plus de finesse qu'on n'en trouve dans cette classe du peuple. Elles allèrent, du même air, à la mort.

A cette séance étaient encore présens, comme accusés, deux jeunes gens de dix-neuf à vingt ans, défendus par M. Lafeuterie; ils étaient atteints et convaincus d'avoir, un an auparavant, étant à dîner le jour des Rois, crié *le Roi boit!* Ils durent la vie à leur jeunesse et à l'éloquent plaidoyer de leur avocat. Le public regarda ce jugement comme un acte de clémence.

Cette séance sanglante qui coûta la vie à treize personnes, produisit néanmoins sur les spectateurs, habitués à voir ordonner des meurtres, l'effet d'une scène comique. Elle fit couler aussi quelques larmes de joie; mais l'on n'en donna aucune aux malheureux envoyés à la mort. C'est ainsi que la tyrannie, en donnant le change aux affections du cœur, corrompt les mœurs du peuple et dégrade la nature humaine.

M. Duparc, ancien concierge du château des Tuileries, eut le bonheur d'échapper au massacre du 10 août. Neuf mois après, il fut reconnu sur le Pont-Neuf, par un agent de la faction qui le conduisit au corps-de-garde; de là il passa à la Conciergerie. Il fut accusé d'avoir distribué des cartes d'entrée au château, aux aristocrates qui devaient *assassiner le peuple;* car dès-lors les jacobins ne permettaient plus de douter que la cour n'eût elle-même provoqué le funeste événement qui avait renversé le trône. Un seul témoin fut entendu, c'était le dénonciateur. Lorsqu'il eut expliqué la distribution des cartes, je le sommai, en qualité de défenseur, d'en indiquer la forme. Il répondit qu'elles étaient rondes. L'accusé lui donna un démenti formel et soutint que toutes les cartes dont on s'était servi depuis le séjour du Roi à Paris, pour entrer au château, étaient carrées. Le faux témoin resta confondu; un murmure d'indignation se fit entendre dans l'auditoire; mais mon client n'en périt pas moins comme fidèle serviteur du Roi.

Si je n'ai pu sauver ce respectable royaliste par une question imprévue, ce secret me servit mieux, quelques temps après, au tribunal criminel ordinaire.

Le directoire parut vouloir faire justice des assassins de septembre. Plusieurs furent arrêtés et traduits devant le tribunal. Dans une de ces séances où je siégais parmi les jurés, l'on nous présenta à juger un fourbisseur de la rue des Gravilliers, père de cinq enfans, accusé d'avoir concouru aux massacres de la *Force*. Tous les témoins le chargèrent, les uns comme l'ayant entendu se vanter du crime, avec des circonstances horribles, les autres rapportèrent les mêmes faits qu'ils tenaient de ses voisins; d'autres enfin déclarèrent l'avoir vu acheter un sabre, à la porte de la prison, y entrer, puis en sortir avec l'air d'un homme rassasié de carnage, et revendre son sabre à un particulier qui se trouvait là. Mes collègues frémissaient, et je m'aperçus que le procès de l'accusé était perdu dans leur opinion. Je ne fus pas frappé comme eux de la solidité des preuves. Je fis reparaître les témoins, l'un après l'autre, pour leur demander s'ils avaient vu, soit sur le sabre, soit sur les vêtemens de l'accusé, des traces de sang. Aucun d'eux ne put l'assurer. Cette preuve de conviction étant écartée, je n'eus pas de peine à persuader à mes collègues que la peur pouvait avoir porté l'accusé à se charger de crimes qu'il n'avait pas commis; que d'ailleurs il était absurde de supposer qu'un fourbisseur, décidé à massacrer dans la prison, y était arrivé sans arme et en avait acheté une à la porte, pour la revendre après s'en être servi.

L'accusé fut acquitté à l'unanimité des suffrages, quoiqu'en sa qualité de républicain, il eût, pendant les débats, bravé avec arrogance et indisposé contre lui les témoins, les jurés et les juges.

J'ai dit plus haut que j'ai conservé la vie à environ trente personnes. Ce phénomène exige une explication.

Des accusés mis en jugement au tribunal révolutionnaire, ne pouvaient être sauvés, parce qu'ils étaient désignés pour la mort. Que pouvaient, en effet, la puissance de la parole et les preuves de l'innocence contre une proscription? M. Boncerf forme exception à la règle; et le décret rendu le lendemain de son jugement, prouve qu'il ne devait pas être excepté. Si quelques autres furent acquittés, c'est parce qu'ils avaient été accusés pour en imposer au peuple, par de faux exemples de justice. Il fallait donc, circonvenir par des protecteurs pris dans la faction même, tantôt le comité de salut public, tantôt celui de sûreté générale, tantôt Fouquier-Tainville.

J'usais avec toute la circonspection possible de l'une et de l'autre voie. Je vais en rapporter quelques exemples.

Santhonax, commissaire de la convention au Cap-Français, fit embarquer le comte d'Esparbès, gouverneur, et les officiers composant l'état-major du régiment du Cap, en leur disant : *Je vous envoie en France pour y être jugés, parce que toute la colonie vous accuse* (il ne voyait la colonie que dans les nègres révoltés); *mais je ne veux pas la mort du pécheur. Dès que vous serez à Paris, adressez-vous à l'avocat L***; il est plus aristocrate qu'aucun de vous : et s'il existe un moyen de vous tirer d'affaire, il le trouvera, n'en doutez pas.* Etrange confiance! les officiers de l'état-major suivirent le conseil de leur ennemi. M. Desparbès, octogénaire et plus circonspect, prit un défenseur de la main d'un ami.

Je passai trois jours et trois nuits dans la prison de l'Abbaye pour rédiger la justification de mes cliens. Ils furent mis en liberté après six semaines de détention, et sans jugement, avec défense de reparaître dans la colonie. La peine leur parut d'autant plus douce, qu'ils auraient acheté la permission de ne pas retourner à leur poste.

Le comte Desparbès fut retenu pendant neuf à dix mois, tant à l'Abbaye qu'à la Conciergerie. Heureusement, il ne fut traduit au tribunal révolutionnaire qu'après le 9 thermidor. Alors il n'y avait plus de risque à courir : il fut acquitté. Dégagé de ses fers, il prit la poste et se rendit dans un de ses domaines en Languedoc. Le jour de son arrivée il fit le vœu de ne plus voir un républicain en face; et de peur des rencontres imprévues, il se mit au lit pour n'en plus sortir. Il y passa douze années sans infirmité, sans maladie, sans incommodité quelconque, et s'éteignit, âgé de quatre-vingt-treize ans, comme un flambeau dont la substance est épuisée.

J'avais toujours à rassurer, à consoler plusieurs prisonniers; je passais ma vie dans la Conciergerie; j'y voyais d'un côté les condamnés faisant de tristes adieux à leurs femmes, leurs enfans, leurs parens, leurs amis au désespoir; de l'autre, les tendres affections s'épanchaient autour des détenus à qui il restait encore de l'espérance. Ici on se faisait de plus douces caresses et l'on se quittait pour invoquer le secours du ciel, ou pour cacher des larmes qui auraient augmenté l'affliction réciproque.

Si j'ai quelquefois réussi à faire déclarer par la chambre du conseil qu'il n'y avait pas lieu à poursuivre, j'ai obtenu plus de succès par un autre expédient. J'engageais, je forçais Fouquier-Tainville à m'accorder des remises de cause, sous prétexte que j'attendais des pièces justificatives, des certificats d'autorités constituées, de comités révolutionnaires ou de sociétés populaires. J'espérais toujours que ce régime atroce s'userait par ses propres fureurs ou qu'une révolution le renverserait. Mon système ou plutôt ma marche déplaisait à la plupart de mes cliens. Ils écrivaient à l'accusateur public, m'accusaient de négligence, sollicitaient une prompte décision. Tout cela se conçoit. Les prisonniers, jusqu'au dernier moment, croyaient à la justice, se reposaient sur leur innocence, se persuadaient que ceux qu'ils voyaient disparaître journellement, étaient convaincus d'avoir trempé dans une conspiration. Quelques-uns préféraient la mort à une plus longue captivité. Fouquier-Tainville, en m'opposant ces lettres, disait naïvement : *Tiens, lis; pourquoi t'obstiner à vouloir paralyser le tribunal révolutionnaire, lorsque tes cliens sont pressés de se faire guillotiner?* Je répondais qu'ils avaient perdu la raison et ne pouvaient apprécier l'importance des preuves que j'attendais; que presser leur jugement sans ces preuves, c'était en effet vouloir être condamné : or, ajoutais-je : *Volenti mori non creditur.* Fouquier aimait les citations latines; il se rendait à la mienne et mettait les dossiers à part. Dès-lors ils étaient oubliés; car l'action meurtrière du tribunal était telle, qu'il suffisait à peine aux nouveaux objets qui se présentaient à chaque instant du jour. Les accusés arrivaient en foule de tous les départemens par l'ordre des députés en mission. De son côté, le comité de salut public envoyait ses listes avec une extrême régularité.

Le 9 thermidor fit remettre en liberté ceux de mes cliens que j'avais fait placer dans la réserve. Doux souvenir ! mes cheveux ont blanchi depuis ce temps, et il fait encore palpiter mon cœur.

L'un d'eux était Ledru, surnommé *Comus*, physicien-escamoteur célèbre sur le boulevard du Temple. Son arrestation avait eu pour cause une somme de quatre-vingt mille francs trouvée chez lui, dans un coffre-fort où elle était ensevelie depuis la régence. Il la tenait de sa mère qui l'avait héritée de son ayeul. *Comus* la destinait à former la dot de sa fille unique.

Plein du bonheur de se revoir libre, il eut encore, en rentrant dans sa maison, celui d'y retrouver son trésor (1).

J'ai souvent entendu dire qu'avec de l'argent on pouvait s'affranchir de la proscription. Il y aurait donc eu peu de victimes : on n'économise point quand il y va de la vie.

MM. Gigot, Despagnac et D***, furent accusés par un décret de la convention, d'avoir fait manquer les subsistances aux armées. Le premier me chargea de sa défense. Tous trois réunirent leurs moyens pour faire une somme de

---

(1) L'origine de ce trésor et sa filiation étaient prouvées par des actes authentiques.

trois cent mille francs, destinée à acheter leur liberté. On mit le tiers de la somme à ma disposition pour Gigot; mais je refusai d'entamer la négociation.

D'Espagnac et D***, qui avaient offert et peut-être fait accepter deux cent mille francs, furent séparés de leur camarade et condamnés. Gigot redevint libre après six mois de prison. Pour être témoin de sa délivrance, j'allai au palais; il sortit au même instant de la Conciergerie: m'ayant aperçu, il fit éclater sa joie par des transports si vifs, que nous fîmes spectacle: *Voilà mon sauveur!* s'écria-t-il. Les curieux accourent de tous les côtés, et il leur raconte son histoire en me tenant par la main pour m'empêcher de m'échapper. Il mourut dans l'année.

Mon récit ne renfermant que des faits isolés, je ne puis m'attacher à l'ordre chronologique; je les écris de mémoire et je les enchaîne le mieux que je puis, pour en rendre la lecture supportable.

M. de la Michodière, ancien prévôt des marchands, et M. Tiroux de Crosne, son gendre, ancien lieutenant de police, furent enfermés aux Madelonnettes. Beaucoup d'ouvriers y travaillaient pour disposer la maison à recevoir d'autres prisonniers. M'étant présenté pour les voir, Devaubertrand, concierge, me pria de les attendre dans son appartement. Il les amena et s'éloigna sans prendre aucune précaution pour s'assurer d'eux. Ma première pensée se porta sur la position où je les voyais : *Vous êtes libres si vous voulez*, leur dis-je ; *il y a un étage à descendre, et toutes les portes sont ouvertes.* Ils déclarèrent, sans hésiter, qu'ils n'en voulaient pas profiter, pour ne point compromettre l'estimable Devaubertrand. Je m'y attendais. La question serait de savoir si j'ai blessé la délicatesse de ma profession, en laissant échapper cette pensée ? Je réponds que je ne pris pas alors le temps de la réflexion, et qu'aujourd'hui la solution n'aurait plus d'objet.

La noble résolution de mes cliens profita à M. de la Michodière, qui fut remis en liberté ; mais elle conduisit son gendre à l'échafaud. Depuis plus de vingt siècles l'univers admire dans Socrate un refus semblable et qui n'est pas sorti d'une source plus pure.

En parlant de la prison des Madelonnettes, je me rappelle d'y avoir vu les comédiens français. Résignés à périr, ils n'en étaient pas plus tristes. L'aimable Dazincourt m'y parut aussi enjoué que sur la scène.

Le *Salon français* s'est dissous par l'émigration d'environ six cents sociétaires qui le composaient. Nous nous trouvâmes réduits à six. La liste fut brûlée par M. Varinot, ancien sergent aux gardes-françaises, secrétaire-concierge du *Salon français* (1). Cette belle institution me manquant, je me fis admettre au club politique et à celui des échecs. Tous deux se tenaient au Palais-Royal ; j'y passais mes soirées. Une seule fois je me présentai à la porte du club politique, à deux heures après midi ; j'y trouvai un factionnaire qui me demanda où j'allais ? Je répondis, en montrant la porte du salon : *C'est-là que je veux entrer. — Tu le peux, citoyen*, me dit-il, *mais tu en sortiras comme tu pourras ; ceux qui s'y trouvent sont en arrestation et l'on ramasse leurs papiers*. Je remerciai cet honnête homme, et m'éloignai en diligence. Dans le même instant on faisait une opération semblable au club des échecs. Les sociétaires arrêtés dans l'un et l'autre établissement ont presque tous péri. La curée des ogres révolutionnaires eût été plus ample, si l'expédition avait été faite cinq heures plus tard.

J'achève l'histoire de mes campagnes par celle

(1) L'on a cependant retenu les noms des fondateurs. M. le comte de Vaudreuil en donna l'idée ; l'exécution en fut confiée à MM. le marquis et chevalier de Rollat, père et fils ; le comte de Guitton, le chev. de Rivarol, le chev. de Sainte-Croix, le chev. O-Shiell, le vicomte de Mirabeau, le comte de Cazalès, le comte de Faucigny-Lucinge, le vicomte de Léaumont, le comte de Combarel-Vernège, le chev. de la Vieuville, l'abbé de Beaumont d'Auty, Lavaux, avocat aux conseils du Roi.

du 13 vendémiaire, jour où éclata la colère des Parisiens contre la convention ; jour où, sans plan, sans direction et sans chef, ils donnèrent tête baissée, dans le feu de la troupe de ligne et de douze canons braqués aux débouchés de plusieurs rues ; jour mémorable où un aventurier, couvert du sang des royalistes de Toulon, prépara sa gloire et sa honte, son élévation et sa double chute (1).

---

(1) Le massacre de quelques centaines de bourgeois de Paris a valu à Buonaparte le commandement de l'armée d'Italie, dont les victoires l'ont conduit, de succès en succès, d'excès en excès, de folies en folies, à deux doigts de la monarchie universelle sur notre continent : puis à la conquête de Moscou, puis à Lutzen, Bautzen et Leipsick ; puis en Brie, Champagne et Picardie ; puis à l'île d'Elbe, puis à Waterloo, et définitivement à Sainte-Hélène, où il a trouvé le terme de ses courses vagabondes.

On peut maintenant déterminer, avec précision, les grands résultats de sa vie militaire et politique.

En quinze années, il a fait périr trois millions de Français ; il a forcé toutes les armées de l'Europe à dévaster deux années de suite la France pour arriver à Paris. En état de se défendre encore et de mourir les armes à la main, il a préféré l'ignominie à la mort, et abdiqué deux fois le trône qu'il avait élevé sur des ruines détrempées dans du sang.

Le 13 vendémiaire, vers sept heures du soir, une colonne se forma sur la place du Théâtre Français, aujourd'hui l'Odéon. Les armes étaient des fusils délabrés, des piques, des sabres : pas une amorce à brûler.

Nous avions à notre tête un libraire en chambre, monté sur un cheval d'escadron.

Cet animal, abandonné de son cavalier et pressé par la faim, avait été trouvé errant dans le faubourg Saint-Germain et s'arrêtant, de porte en porte, comme pour demander sa ration ordinaire. Notre commandant, profitant de sa détresse, s'en était emparé pour en renforcer le parti.

Guerrier novice, il temporisait, caracolait, flottait sur son cheval. Instruit que le sang coulait encore autour des Tuileries, il n'était point rassuré par le bruit du canon tiré dans le lointain. Une voix forte s'élevant du centre de la colonne, lui enjoint d'ordonner la marche. Je laisse échapper un éclat de rire ; l'exemple gagne, le rire parcourt les rangs, la colonne s'ébranle et pousse son général en avant.

Après plusieurs évolutions dans le faubourg Saint-Germain, où il n'y avait pas d'ennemis, nous faisons halte à l'extrémité de la rue des Petits-Augustins, joignant le quai Malaquais, sans la déborder et en nous couvrant d'une ligne de maisons. Un homme blessé aborde la tête de la colonne et se plaint de son malheur qui lui a attiré un coup de fusil, lorsqu'il allait à ses affaires. Il n'a pas le temps de finir son histoire : deux coups de canon partis de l'autre rive, frappent les murs de droite et de gauche et nous couvrent de leurs débris. Un camarade, à côté de moi, éprouve une secousse à la tête, y porte la main, se hâte, cherche et rencontre une balle dans un recoin de son chapeau à trois cornes. Il se croit blessé et se sent défaillir ; il n'avait qu'une légère contusion ; mais son aventure est bientôt connue ; un murmure général s'élève contre le commandant ; on lui reproche son imprudence, sa témérité ; il s'excuse poliment sur l'obscurité qui lui a dérobé la vue de la batterie, et ordonne la retraite.

Toute cette nuit fut employée par les satellites de la Convention à immoler des victimes à sa vengeance. Ils s'embusquaient dans les encognures des rues et des portes, tuaient ou blessaient les passans à coups de fusil, sans oublier de les dépouiller. Un célèbre imprimeur, nommé Casin, plus que septuagénaire, périt dans ce guet-à-pens.

Le lendemain, j'allai visiter notre champ de bataille, et je vis, aux traces laissées par la mitraille, que le canon pointé sur nous, n'avait mis en péril que les habitans du second étage ; je jugeai aussi que la balle surprise dans le feutre d'un de mes camarades, y avait été lancée par un ricochet. D'autres informations m'apprirent, avec certitude, qu'il n'y avait eu ni morts ni blessés.

Un ordre du jour affiché, enjoignit à tous les citoyens de restituer les propriétés mobilières trouvées, prises ou volées pendant la guerre, sous peine de punition corporelle. Notre commandant s'empressa de conduire son cheval d'escadron au dépôt indiqué.

Tels sont les événemens de la révolution auxquels se lie mon existence. J'en termine le récit par un aveu qui diminuera, sans doute, le prix qu'on pourrait attacher à mon dévouement envers les malheureux de toutes les classes et de tous les partis, depuis l'auguste prisonnier du Temple, jusqu'aux livrées de la misère ensevelies dans les cachots de la Conciergerie du palais. Si je me suis pénétré d'un zèle à toute épreuve, je le dois à une facilité de caractère qui me familiarise promptement avec la situation où je me trouve. En m'exemptant du poids des longs chagrins, des terreurs paniques et des craintes de l'avenir, elle résiste aux impressions qui flétrissent l'ame et en affaiblissent le ressort. C'est peut-être à cette cause que je dois aussi d'être sorti, sans accident, de tous les périls dont j'étais sans cesse environné ; de n'avoir pas éprouvé la plus légère persécution, ni une visite domiciliaire; le moindre dérangement dans ma manière de vivre, dans mes habitudes, dans mes affections ordinaires ; de n'avoir pas même aperçu le danger d'habiter au milieu de la plupart des monstres qui couvraient la France de sang et de deuil, tels que Marat, Danton, Manuel, Billaud-Varennes, Fouquier ; une foule de leurs espions, de leurs sicaires et de leurs Séides, dont les demeures les plus éloignées de la mienne, n'en étaient point à une distance de deux cents pas.

En qualité d'avocat, je suis obligé de conclure, et je conclus à ce qu'il plaise aux bon citoyens, pour l'amour du bien public, et à ceux qui ne le sont pas, pour l'amour d'eux-mêmes, de bénir à jamais le retour d'une race de bons rois qui nous a placés tous, sans distinction de partis, sous l'égide d'une constitution digne d'un sage sur le trône et d'un peuple éclairé.



FIN.

www.ingramcontent.com/pod-product-compliance
Lightning Source LLC
Chambersburg PA
CBHW070816260626
47161CB00006B/2308